KB121994

좋아서 그래

b.read

좋아서 그래
글·그림 정지인
b.read

prologue

7년 전, 22살의 어린 학생이었던 나는 페이스북에 '좋아서 그려, 좋아서 그래' 페이지를 처음 만들었다. 단순히 '친구들에게 작업을 선보일 온라인 공간을 만들어 보자'는 생각이었다. 그때의 나는 작업이라고 해 봤자 과제 외에는 딱히 하는 게 없어 일상에서 느낀 감정을 글과 그림으로 정리해 하나씩 올렸는데, 신기하게도 점점 많은 독자들이 마음을 전해주기 시작했다. 새 그림이 올라오는 걸 반겨 주고 여기저기 퍼다 나르면서 나의 이야기를 대신 알리기도 했다. 그런 독자들 덕에 제목처럼 '좋아서' 그리고 쓸 수 있었다.

처음에는 독자들의 반응이 신기하고 재밌기도 해서 열심히 그림을 그렸지만, 시간이 흐르면서 스스로도 글과 그림을 통해 깊은 안정과 위로를 얻을 수 있었다. 그리고 쓰는 풍요로움이 나의 일상에

깊이 스몄다. 나는 이 특권에 기대어 굴곡 많은 시간 속에서 기우뚱거릴지언정 죽지 않고 무사히 30대가 되었다.

긴 시간 동안 그리고 썼지만 그때나 지금이나 내가 이뤄 낸 업적이랄 건 없다(이 책을 나의 첫 업적으로 삼을 생각이다). 간신히 살아남았다고 말할 정도의 삶을 살았지만 달라진 게 있다면, 이제 불완전한 나를 있는 그대로 받아들이게 되었다는 것이다. 매사에 욕심 많고 조급한 내가 편안한 마음으로 나 자신과 내게 일어나는 일들을 받아들이기까지 얼마나 많은 불안의 눈물을 쏟아야 했는지, 나를 아는 분들은 짐작할 수 있을 것이다.

이제는 전처럼 자주 울거나 오래 괴로워하지 않는다. 그리고 쓰면서 마음을 들여다보고, 정리하고, 질문하고, 대답하며 끊임없이 마음의 문제를 직면해 온 덕분이다. 턱끝까지 차오르는 삶의 여러 상황을 처리하면서도 지난했던 마음의 문제를 계속 들여다볼 수 있었던 건 독자로서 곁에서 언제나 지켜보고 격려해 주던 가족, 친구들, 지인과 얼굴도 모르는 많은 다정한 이들 덕분이다.

애정이 듬뿍 담긴 댓글과, 눈물을 줄줄 쏟게 만든 위로의 메시지로 절망의 구덩이에서 나를 건져 준 사람들. 이들로 그득한 나의 삶을, 선물이란 단어 외에 어떤 말로 표현할 수 있을까. 많은 이가 그렇듯 천국과 지옥을 오가는 20대를 보냈지만 독자들과의 밀도 높은 교류가 마음의 든든한 닻이 되었다. 그 덕에 슬픔과 불안은 꼭꼭 씹어 잘 넘겼고, 기쁨과 안정은 곱게 펼쳐 주변을 두르며 살아올 수 있었다. 약해서 사랑 받았지만 그 사랑 덕분에 더 건강하고 튼튼해진 오묘한 섭리 안에 살아온 나는, 격려와 사랑의 힘을 믿는다. 그 믿음 안에서 마음껏 그리고 쓰며 내가 살아야 하는 삶을 살았다. 욕심처럼만 살았다면 결코 알지 못했을 삶.

이 짧은 책을 세상에 내보내기까지 너무 오래 걸렸다. 완벽하다고 할 수도 없다. 그럼에도 불구하고 나의 업적으로 삼고 싶은 이유는, 이 책이 내가 받은 수많은 사랑과 응원의 기록이며 동시에 오랜 시간 나를 지켜본 독자들에게 줄 수 있는 유일한 선물이자 감사의 표현이기 때문이다.

세상에 나를 내보일 창구를 만들자고 처음 제안해 준 친구들에게 감사하고, 허술한 나의 글과 그림을 있는 그대로 응원해 준 가족과 지인들에게 감사하다.

내 모든 지지부진한 이야기들을 공감해 주고 들어 준 독자들과 지금 이 책을 읽고 있는 당신에게 감사하다고, 열 번이고 백 번이고 말하고 싶다.

contents

Part 1.

삐뚤빼뚤해도 행복한 걸

Part 2.

눈물의 바다에 배를 띄워

Part 3.

사랑은 실패하지 않아

Part. 1

삐뚤빼뚤해도 행복한 걸

기록된 일상이 주는 새로운 시선과 발견은 늘 쓰고 그리는 수고보다 한참 더 크다. 흐릿한 시선으로 바라보면 뭉뚱그려진 느낌이던 세상이 안경을 쓰면 모든 게 선명하고 시원하게 보이듯, 기록을 통해 보는 나의 마음과 일상은 항상 겪고 지나쳤던 것보다 더 선명하게 반짝인다. 그 선명함이 좋아 엉성하고 굼뜬 하루였어도 매번 이것저것 그려 보고 또 써 보게 된다. 그러다 보면 영 별로이던 순간도 귀엽게 여겨지고, 당시엔 마음에 들지 않았던 상황이나 사람도 그럭저럭 괜찮게 보인다. 물론 곱씹을수록 열 받는 일들도 있지만…… 그건 그것대로 화나는 감정을 마구 그리고 쓰며 모조리 뱉어 내면 된다. 그렇게 하면 끝까지 화만 남는 경우는 별로 없다. 슬쩍 머쓱해지기도 하고, 때로는 혼자 기분이 좋아져 "와하하" 하기도 한다. 좁아진 시야가 탁 트여 넓어져서다.

어느덧 책장 한 줄을 빼곡히 채운 다 쓴 노트들을 보고 있자면, 살아오면서 내가 해낸 몇 안 되는 정말 잘한 일은 흐르는 시간을 부지런히 쓰고 그리며 붙잡아 둔 것이라는 생각이 든다. 쓰고 그리지 않았다면 잊혔을 일상과 마음이 그 안에 얼마나 많이 담겨 있는지.

오늘도 돌아보면 참 별일이 없는 것 같다. 그렇지만 또 써 보면 선명한 행복이 시간의 틈새마다 있다. 언젠가 이런 일상이 적힌 노트로 내 책장의 모든 줄이 빼곡해지겠지. 이사를 다닐 때마다 그 많은 노트들을 싸고 푸느라 더 힘들어지겠지. 그래도 내일도, 모레도, 할머니가 될 때까지, 날마다 더 촘촘히 더 열심히 쓰고 그려 보자 다짐한다. 내게 주어진 시간의 구슬을 한 알도 빠짐없이 알알이 모아 꿰어 그 안에 숨어 반짝이는 크고 작은 행복을 더 선명히 간직하고 싶다.

자동차

개인의 능력을
자동차로 비유한다면

내 차는 요만하다.

이 자그마한 차로 지금까지
잘도 달려왔다.

앞엔 누가 있나 뒤엔 누가 있나
자주 두리번거리며

나보다 더 큰 차들이
빨리 달리는 것만 보았다.

그 사이 내 작은 차는
닳고 닳아 너덜거렸지만

원래 그런 거라고만 생각했다.

그러다 우연히
나랑 비슷한 차를 탔지만
다른 길로 다니는 이들을 만났다.

나도 한번
이 길로 가볼까?
도도도
재잘
재잘

요기에
길이 있다구?
와

나는 천천히 갈 때만 볼 수 있는
특별한 광경들을 보았다.

무엇보다,
천천히 가면 함께 갈 수 있었고

함께 가면 더 행복할 수 있었다.

어차피 가야 한다면
더 큰길로 더 빨리
가고 싶었는데

나에게 맞는 속도, 그리고 내가
더 좋아하는 길로 가고 싶어졌다.

거기에 나와 비슷한 선택을 한
사람들과 함께 간다면

빨리 못 가도, 큰길이 아니어도
이제는 다 괜찮을 것 같다.

계속하는 것

나는 몇 가지 재능을 가지고 있지만,
사실 재능이 없는 영역이 더 많다.

그렇지만 이미 타고난 것에
그다지 마음쓰지 않는 편이다.

왜 그럴까 곰곰히 생각해 보니

타고난 것이 내 것이 아니라
계속하는 것만이 내 것이 된다는 걸

경험으로 배웠기 때문이다.

예를 들면,
어린 시절의 나는
대부분의 운동을 잘했지만

지금의 나는 조금만 무리해도
다치는 몸이 되었다.

계속하지 않았기 때문이다.

반면, 겁이 많아 꿈도 못 꾸던
일 중 하나인 운전하기는

이제는 익숙한 일상의
한 부분이 되었다.

짧은 거리라도 날마다
쉬지 않고 연습한 덕이다.

원래 잘했지만 계속하지 않아
낯설어진 것들과

못하지만 계속하다 보니
잘하게 된 것들.

이런 경험은 잘하는 일에 대해선
방심하지 않게 해주고,

못하는 일에도
너무 주눅들지 않게 도와준다.

그렇게 조금씩 계속하다 보면

'원래' 그랬던 것들을 넘어

더 단단한 내가 될 수 있다!

잘하고 싶을 때는

암것도 안되고

못해도 좋을 때는

다 잘되고
심지어 행복하다.

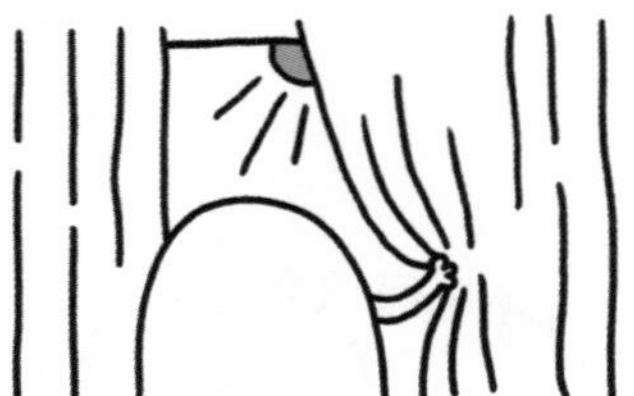

못해도 좋아할게,
내 인생.

아프지만 말고

그냥저냥 걷자.

행복할 거야, 또.

나는 잘 치이는 편이다.

일에도, 사람에도.

자그만 것들로 짜부룩 짜부룩

맨날 치여 납작해진다.

그래서 날마다 밤이 되면

바람 빠진 풍선 같은 영혼에
다시 공기를 넣어 준다.

책 읽으며 조금,
그림 그리며 조금,

일기 쓰며 또 조금
요리하며, 바느질하며, 노래 들으며

그렇게 조금씩 계속 불어넣어

다시 불룩하게 만들어 준다.

아침이 되어 저 문을 나서면
또 치여 쪼그라들겠지?

그래도 괜찮다.

밤마다 조금씩 불어넣어 줄
작은 바람 주머니들이 많으니까.

잘 치이는 마음으로 살아도

그럭저럭 잘 살아진다.

별일이 없던 것 같은 날에도

일기를 쓴다.

그날 입었던 옷을 반듯하게
개켜 놓듯이

종일 주머니 안에 넣어 두었다 꺼내
꼬깃꼬깃한 영수증 같은 마음까지
탈탈 털어서

뭐라도 꼬박꼬박 꼭 쓴다.

아무렇게나 구겨져 있는 옷을
입고 싶지 않은 것처럼

아무렇게나 찌그러진 어제의 마음으로
하루를 시작하고 싶지 않으니까.

새로운 날에는
그날에 어울리는 새 기분이고 싶다.

날마다 그날에 어울리는 옷을
새로 챙겨 입듯이 말이다.

그렇게 매일매일

날마다 새로운 마음으로
살고 싶다.

아무리 두꺼운 책도
쪽지같이 작은 단위로 나눠 읽다 보면

맨 끝 장을 넘기는 순간이 오듯이

끝이 없을 것 같은 시간의 흐름도

오늘을 넘기고 넘기다 보면
언젠가 끝 장을 만나게 된다.

수많은 페이지 한 장 한 장 안에
얼마나 많은 단어가 쓰였는지는
읽어 본 사람만 아는 것처럼,

수없이 넘겨 왔던 오늘이
얼마나 깊어질 수 있는지는

하루하루를 촘촘히 살아 본 사람만이
알 수 있다.

나에게 허락된 시간의 두께를
알 순 없지만

끝이 어떨지 모르는 두꺼운 책을
인내심을 가지고 읽어 나가듯

하루치의 인내심을 날마다 붙들어
오늘의 의미를 읽어 내려간다.

때로 빈 구석에
작은 낙서 같은 추억도 남기며
읽다 보면

언젠가 서점 구석에서 만나
결국 사랑하게 되었던 그 책처럼

세상 어느 구석에서
오늘을 살고 있는 내 인생도

사랑하게 될 거라고 믿는다.

마침내 도달한 내 시간의 끝 장이
아름답거나 완벽하지 않더라도

나는 정말 아무래도
행복할 것 같아서

오늘 만나는 시간의 페이지들을
꼼꼼히 읽어 간직하듯 산다.

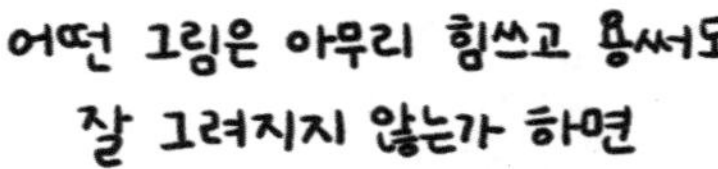

어떤 그림은
찾지도 부르지도 않았는데
그냥 나에게 와 준다.

어떤 책은 아무리 애써도
잘 읽히지 않았는데

어떤 책은 덜컥 찾아와
세상을 보는 새로운 창을 열어 준다.

어떤 이는 애써 부르고 원해도
기어이 상처만 남기지만

또 어떤 이는 언제부터인지도
모르게 곁을 지켜 준다.

나는 항상 그림과 책과 친구가
필요하지만

내가 할 수 있는 건
결국 기다림이라고 느낀다.

그래서 기다리는 나에게
찾아와 준 선들, 글자들, 색과 말과
친절한 얼굴들을

하나하나 돌아보며 생각할 때
말은 적어지고 마음은 충만해진다.

고마움이 많아지고
두려움이 적어져서다.

전에는 기다림을 이해하지 못해
자주 슬퍼했지만

이제는 이미 내 곁에 찾아와 준
그림과 책과 사람들에 기뻐한다.

그걸로 충분함을
알게 되었기 때문이다.

그러다 보면

어느새 매일 해가 뜨는 것도,
물이 흐르는 것도,

바람이 불어오고,
풀과 나무가 자라는 것도

그 모든 것이
우리에게 찾아와 준 것임을
깨달을 수 있다.

어느 것도 내가 이룬 것이 없고
어느것도 내가 만들어 낼 수 없다.

기다리고, 만나고,
기다리고, 만날 뿐이다.

내가 상상하던 지금 내 나이의

이미지가 있다.

그런데 막상 그 나이가 되고 보니

상상했던 모습과 가까워지기보다

원래의 나에 가까워져 가는 중이었다.

그렇지만 나는 지금의 내 모습이

어쩐지 마음에 든다.

그때나 지금이나 아는 건 적지만
떡볶이는 잘 만드는 내가

특별하게 열정적이거나
성숙하진 못하지만 잘 웃는 내가

이룬 건 없지만 자기만의 즐거움이
많은 내가

걱정이 많지만 일단 해보는 내가

야심찬 계획은 하나도 못 지키지만
우연히 일어나는 일들을 즐기는 내가

그저 그렇고 싱겁게 살아온 내가
고맙고, 웃기고, 마음에 든다.

넓디넓은 세상과 우주에는

큰 고래도 있고
빛나는 별도 있지만

아주 작아서 눈에 띄지 않는
돌멩이나 이끼도 있다.

나는 그 모든 존재의
의미를 다 알지는 못하지만

그 모든 것 하나하나가
얼마나 독특한지는 알고 있다.

이대로 괜찮은 걸까…!

왜
이거밖에
안되는 거야

가끔 내 바람과 욕심,
혹은 누군가의 기대에
못 미치는 것 같아 속상할 때

내가 아는 이 작은 사실이
나에게 큰 위로와 용기를 준다.

그냥 나 자신으로
사는 것 자체도
꽤 중요하다는 사실 말이다.

그래서 나는 약간은 하찮지만
떡볶이를 잘 만드는
귀여운 할머니가 되는 날까지

그냥저냥 나로 살기로 했다.

나무처럼 돌처럼 이끼처럼

고요히 내 자신으로 말이다.

Part. 2

눈물의 바다에 배를 띄워

지금이야 불안과 함께 사는 것에 제법 익숙해졌다고 말할 수 있지만, 오랜 시간 나의 삶에는 불안에서 오는 고통이 가득했다. 오늘의 불안을 잘 다독여 재워 놓지 않으면 내일의 일상을 제대로 살 수 없을 정도였다. 그로 인해 긴 시간 마치 아주 예민한 아기를 키우는 것처럼 살았다. 신나게 나가 놀고 싶어도 시간이 되면 집에 들어와 아기를 돌보듯 나의 불안을 돌보아야 했다. 아무나 만날 수도 없었고, 아무 데나 갈 수도 없었다. 제한되고 긴장된 일상을 살았지만 불평과 분노를 터뜨리기도 마땅치 않았다. 간신히 달래서 데리고 사는 불안이 잘못 자극 받아 터지면 그거야말로 큰일임을 알았기 때문이었다. 그런 날이 하루 이틀이 아니라 몇 년 동안 지속됐다. 하루하루 살얼음판 딛는 것 같이 살았다. 정말로 사는 게 고단한 시간이었다.

터널 같은 시기였지만 그 시간 동안 나는 조용하고 충실한 사랑을 배웠다. 때와 장소를 가리지 않고 불쑥불쑥 찾아오던 불안을 날마다 성실하게 마주했다. 아무리 고단해도 찾아온 불안을 억지로 눌러 부정하거나 윽박질러 내보내려 하지 않았다. 불청객을 반기는 게 쉬운 일은 아니지만, 마음먹고 해낸다면 못할 일도 아니었다. 늘 예상치 못한 순간에 찾아오는 불안을 외면하지 않고 보듬었다.

다행히 불안은 찾아오는 횟수가 점점 줄었고, 어느 시점엔 갑자기 찾아와도 불청객으로 느껴지지 않았다. 오히려 불안이 초인종을 누르는 순간이 내겐 꼭 필요한 순간이라고 느끼게 되었다. 나답지 않은 선택을 할 때, 내 삶의 속도가 너무 빠르거나 느릴 때, 머리로는 이해되지도 설명할 수도 없지만 무언가 잘못되었을 때, 그때마다 초인종을 눌러 주는 불안 덕분에 삶에서 만나게 되는 온갖 위험과 불필요한 고생을 면할 수 있음을 깨달았기 때문이다.

불안과 함께 살아가는 법을 배우기까지 남들보다 느린 시간을 살았다. 그 길고 느린 시간을 지나 이제는 든든한 내 삶의 조력자가 된 불안을 본다. 불편하고 번거로운 불청객으로 날 찾아왔던 불안을 그때 미워하고 내쫓았더라면, 그것이 가진 다른 이름과 역할을 마주할 수 없었겠지. 날마다 내게 있던 구체적인 고통과 불편을 지금도 생생히 기억하지만, 그럼에도 불구하고 서툴지언정 포기하지 않길 참 잘했다. 오히려 터널 같던 그 시간이 고맙기까지 하다. 그때 포기하지 않고 애써 돌보았던 건 나 자신이었음을, 그 조용하고 충실한 사랑의 전부가 결국 내 몫이었음을, 이제는 안다.

정류장

멍하니 정류장에 앉아
다음 차를 기다리다

주르륵 눈물을 흘렸다.

버스가 제 시간에 와 줄까,
버스에 내가 앉을 자리는 있을까,

여기가 맞는 정류장일까,
내가 가진 돈은 충분한 거 맞나.

나 망한 거 아냐?!

기익

버스는 제 시간에 도착했고
자리는 넉넉했으며,

내가 기다리던 정류장 앞에 섰고
주머니 속 동전은 몇 개가 남았다.

인생의 여행길을 가는 동안
거쳐야 하는
여러 정류장에서의 환승이

나에겐 너무 버거운 기다림일 때가
많았다.

무수히 많은 계획과
선택의 정류장에서

단 한 번도 쉽다고 느낀 적 없었고

때로는 쉽지 않은 것 자체가
실패로 느껴져 괴롭기도 했지만

괴로움도 과정이었다는 걸
이제는 안다.

다음 정류장으로 가고 있는 지금

내가 여전히 나아가고 있음을
더 자주 기억하기로 마음 먹는다.

깊은 밤, 낡은 버스 차창에 기대어
내 사랑과 꿈과 작은 희망을 담은
낡은 가방을 꼬옥 안은 채

까무룩, 잠에 들었다.

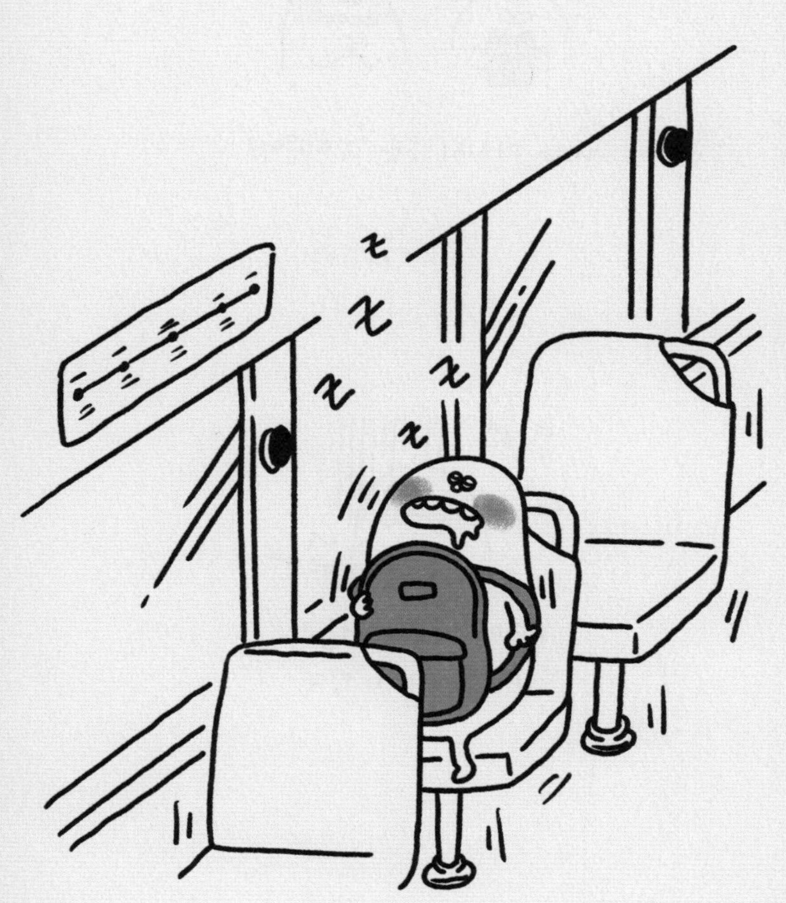

상자

내가 가지지 못한 것 때문에

자꾸만 마음이 어둡고
답답할 때가 있다.

그럴 때는 내가 머리에
종이상자를 쓰고 있는 것과
같다는 걸

깨닫는 게 중요하다.

내 눈에는 세상이
좁고 깜깜하지만

실은 진짜 어두운 게 아니라
작고 하찮은 상자 때문에

그렇게 보이는 것뿐임을
알아챈 다음,

머리에서 훌렁
벗어버려야 한다.

살다 보면 스스로
이상한 상자에 머릴 넣기도 하고

다른 누군가가
나에게 상자를 씌우기도 한다.

그 상자를 뒤집어 쓴 계기가
무엇이든지

중요한 건 앞으로도 계속
상자를 쓰고 살 건지

아니면 벗어 버릴지
선택해야 한다는 것 아닐까?

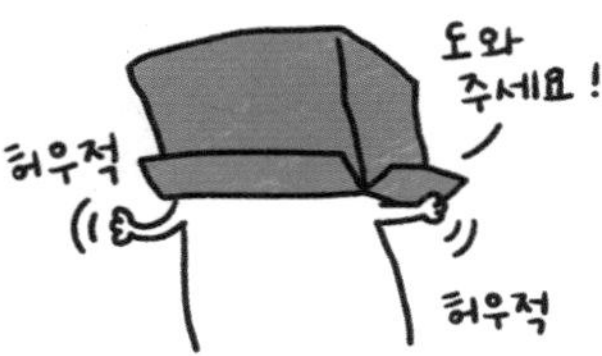

때때로 어떤 생각은
꼭 접착제를 발라 놓은 것처럼

쉽게 벗어지지도
떼어지지도 않아

아주 애를 먹기도 하지만

그래도 결국 선택해야 한다면

한시라도 빨리 벗는 쪽을
택하고 싶다.

상자를 벗는 수고가
아무리 커도

그걸 쓰고 사는 답답함과
번거로움에 비할 수는 없으니까.

나를 힘겹게 만드는 생각 역시

그걸 바꾸는 수고가 아무리 커도

그 생각에 갇혀 겪는 비참함에
비할 수는 없다.

내가 가진 것과 못 가진 것,
남이 가진 것과 못 가진 것

이런 것들을 세어 가며
살기보다

찰나에 스쳐 가 버리는
아름다움들을

하나도 빠짐없이 누리고

또 감사하는 편이

훨씬 자유롭고 행복하다는 걸

나는 이미 알고 있다.

그저 있는 힘껏 버텨야 했던
지난 한 해.

버티는 시간이 너무 길면
불안이 찾아오기 마련이다.

다행히 잘 버텼지만
남은 건 닳아 버린 자존감.

그러다 어느 날

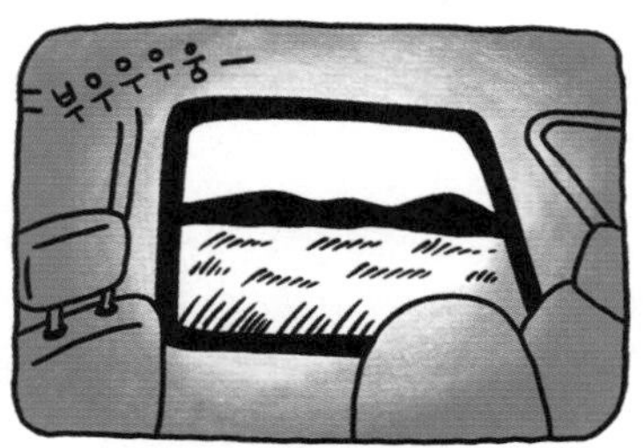

저 멀리 들판과 산과 하늘을
보았다.

새까만 밤, 들, 산, 하늘

그리고 거기에 별이 있었다.

가장 힘들었던 때, 견디기 어려운
밤마다 내 곁엔 별이 있었는데

한참 잊고 살았다.

통제할 수 없는 상황과 사람이
많은 걸 앗아 갔던 날들 동안

별들의 아름다움이 위로가 되었던 건

그저 질질 끌고 가던 내 삶을

응원하고 격려하는 것처럼
느껴서다.

그래, 나는 값없이 무한한 격려와
아름다움을 받아 온 사람이었다.

어디 별들뿐이었을까.

나무와 구름, 바다와 숲,
새벽녘과 해 질 녘의 하늘

금으로도 돈으로도 살 수 없는
그 모든 아름다움들에

수없이 감탄하며

깊이 위로받았다.

그건 사랑이었다.

애쓰고 버티니
약하고 쓸모없다는 거짓말,

그런 인생은 불필요하고
무가치하다는 거짓말을 이길

단 하나의 마법의 주문
'나는 사랑받는 사람이야'

나는 이 주문을 듣고
또 살아 보기로 마음 먹었다.

애쓰고, 버티고, 약하고,
어려도,

계절마다 아침마다 밤마다
어떤 아름다움이 대가 없이
주어진다는 진실을

최선을 다해 기억하면서

비슷해도 또 다르게,
계속 살아 보기로 했다.

우리 모두에겐,
마음껏 우는 밤이 필요하다.

누구의 눈치도 보지 않고

그저 우는 밤.

산 위에 쏟아진 비가
하염없이 흘러내리듯

그렇게 우는 그 밤의 끝에서야

비 같고 강 같던 우리의 눈물은

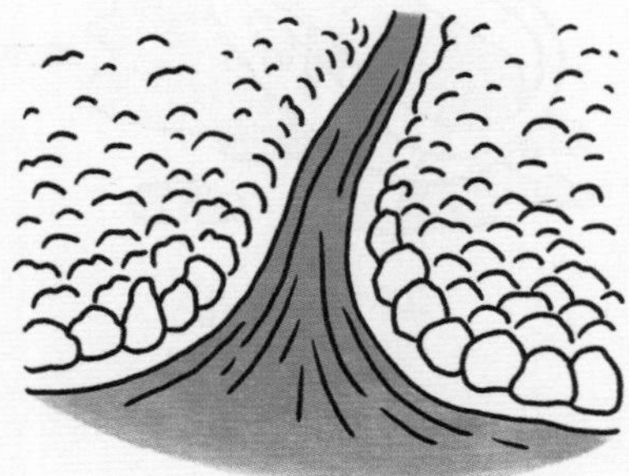

마침내 치유의 바다를 만나

깊고 드넓은 쉼을 얻는다.

흐르지 못해 썩어 버린 웅덩이처럼

아픔이 고여 곪은 마음이 되지 않게

쏟아지는 비처럼, 넘쳐 나는 강처럼
온 마음을 하염없이 흘려 보내는

그런 밤이,
우리 모두에겐 필요하다.

살아 있는 나무는

겨울에 어떤 모습을 하고 있든 봄이 되면 꽃을 피우고

여름엔 비바람을 견뎌 내며

가을엔 낙엽을 물들인다.

그냥 때가 되면 알아서.

그냥 나무라서.

그냥 살아 있어서.

'살아 있는' 모든 초라한 것들이

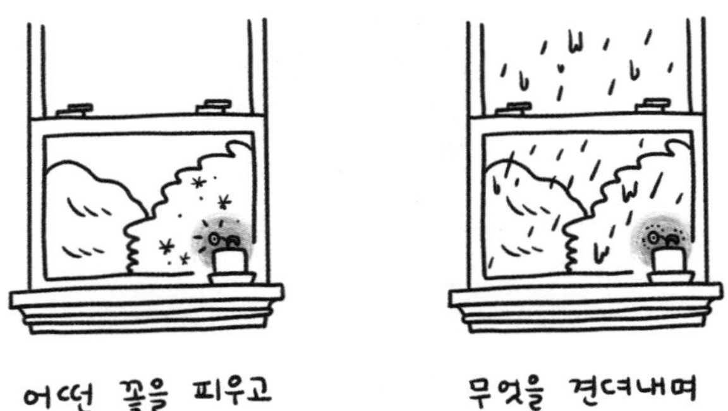

어떤 꽃을 피우고

무엇을 견뎌내며

어떤 색깔로 바뀌어 나갈지

아무도 모를 일이다.

그림 그리다 보면
쭈욱 삐져 나가는 선.

요리 하다 보면 제멋대로
잘라지는 채소 모양들.

그래도 별로 상관이 없다.

그냥저냥 마저 그리고,

그냥저냥 맛있게 먹으면 되니까.

나는 이렇게 약간은 엇나가도

틀려도 괜찮은 일들을 사랑한다.

어른이 되고부터 틀리면 안되는
일들이 점점 늘어난다.

때마다 처리해야 하는
온갖 행정과

토씨 하나에 너무나 많은 게
달라지는 계약서들

시기를 놓쳐서는 안되는
수많은 등록과 취소의 반복 속에

마음 한구석에 언제나
바짝 쫄아 있는 긴장을 품고 살다 보니

약간씩 엇나가도, 조금은 틀려도
괜찮은 일들이 주는

작은 위안에 큰 힘을 얻는다.

익숙해지지 않는 어른의 일들에
지칠 때면

가만히 자리를 바꿔 앉아
삐죽거리는 낙서를 한참 하다가

부엌으로 가 괜스레 냉장고를
기웃거리다가 한다.

자주 틀리고 엇나가도

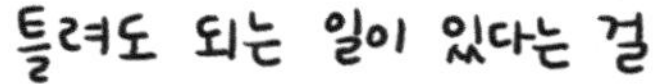

틀려도 되는 일이 있다는 걸

잊지 않고 기억한다.

그리고 오늘도 느리고 삐뚤어진
일들이 주는 위안에 기대어 본다.

있어서 다행인 것들이 있다.

퇴근길 푸르스름한 하늘빛이나

겨울밤 칼날 같은 초승달,

바람의 냄새나

사랑하는 가족들의
두런거리는 말소리

그런 것들이 나에겐
있어서 다행인 것들이다.

바보 같은 결정들 사이에서
헤매던 나를

사랑으로 지켜봐 주던 이들과

생각 많던 밤
온 밤 내내 함께 울어 주던
귀뚜라미

말 못할 마음을 빼곡히 적은
일기장이나 울퉁불퉁 스케치북도

있어서 참 다행인 것들이다.

나는 하루하루의 수고와

자잘한 곤란함,

때때로 짓누르는
불안이나 괴로움도

있어서 다행인 것들 덕에 쉬이 그냥 지나치고는 했는데

그런 시간이 쌓여

있어서 다행인 사람이
되고 싶어졌고

그려져서 다행인 그림을
그리고 싶어졌다.

때때로 나의 작은 존재와
재능이 불안하기도 하지만

완벽하거나 대단하지 않아도

가진 온기로, 사랑으로

있어서 다행인 이가 되고

그려져 다행인 그림을
그려 내고 싶다.

Part. 3

사랑은 실패하지 않아

돌아보니 언제나 깊고 고요한 사랑의 강이 주변을 유유히 둘러 흐르는 삶을 살았다. 내가 받은 사랑의 모습이 그랬으니 나도 사랑을 한다면 그렇게 우아하고 성실할 줄만 알았다. 그런데 막상 내가 하는 사랑은 그렇지 못했다. 일단 양이 작았다. 고작 작은 물웅덩이만큼을 간신히 쥐어짜다가, 그마저도 쉽게 마르고 고여 썩는 모습에 얼마나 부끄럽고 실망스러웠는지 모른다. 내 사랑의 모습을 보고 그동안 내가 받아온 좋은 사랑에 대한 동경과 갈망, 또 자괴감이 깊어졌다. 나는 사랑하는 일에 열등감이 많았다. 지금도 그렇다. 가장 잘하고 싶은데 가장 못하는 것, 내겐 그 일이 사랑이다. 그래서 자꾸 사랑에 대해 쓰게 되고, 그리게 되고, 또 보고 읽게 된다.

어릴 때, 왜 세상에는 사랑에 대한 노래와 책과 영화가 압도적으로 많은 것인지 진심으로 궁금했다. 지금은 그 이유를 알 것 같기도 하다. 나도 그 이유의 일부이기 때문이다. 내 삶의 모든 중요한 선택의 이유는 늘 사랑이었다. 그림 그리는 일을 사랑해서 그리는 직업을 선택했고, 지금의 남편을 사랑해서 결혼을 선택했다.

때로는 이렇게 못나고 못할 거면 사랑을 안 하고 살고 싶어지기도 한다. 그러나 그럴 수 없다. 비록 간신히 손바닥만 한 웅덩이만큼 밖에 짜내지 못할지라도, 그 작은 양의 사랑 덕분에 살아왔다고 느끼기 때문이다. 아무리 필요하고 좋은 일이어도 사랑이 없으면 지속하기 쉽지 않지만, 사랑하는 일은 아무도 시키지 않아도, 별다른 필요가 없어도, 심지어 고달프고 힘들어도 포기하지 않고 계속하게 된다. 내가 사랑을 한다고 생각했지만 가만히 보니 사랑이 나를 인도해 왔다.

나는 내 사랑의 강줄기가 더 길어지고, 더 깊어지게 하기 위해 산다. 내가 받았던 깊고 풍성한 강 같던 사랑을 해내기 위해 살아간다. 처음 퍼낸 내 사랑의 샘은 구정물이었지만, 지금은 그래도 작지만 한결 맑은 샘이 되었으니 포기하지 않고 계속해 나가면, 언젠가 내가 원하는 사랑을 할 수 있게 되지 않을까? 오늘도 내 사랑은 날 부른다. 나는 그 사랑의 줄기를 좇아 더 먼 걸음을 옮긴다.

있잖아, 우리
오래된 사랑을 하자.

풋풋한 어린 사랑도
귀여웠지만

우리 이제, 더 좋은
사랑을 하자.

밝고 기쁜 사랑도 예뻤지만

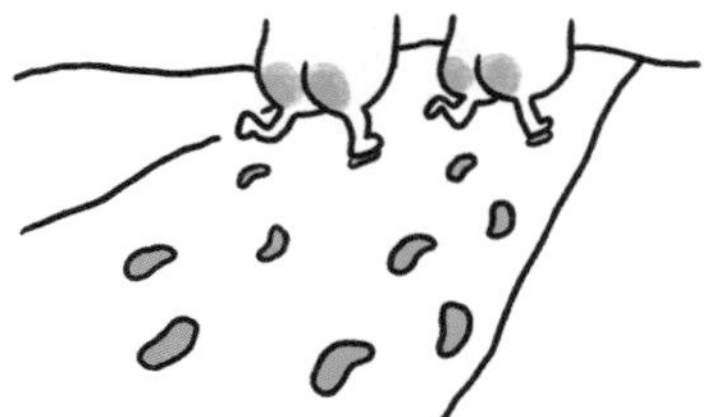

우리 이제 더 많은 날들을
함께 걸었으니

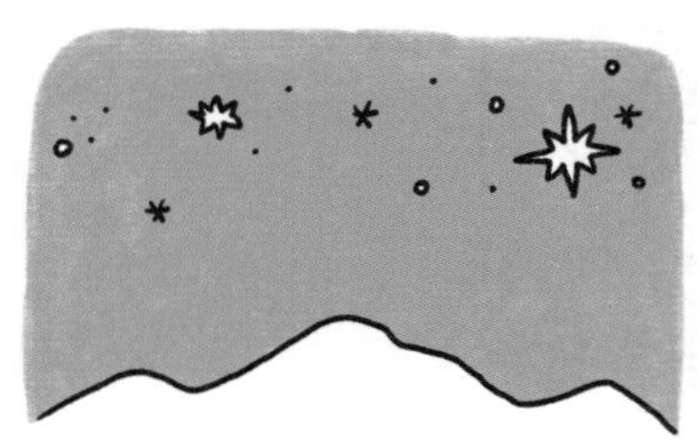

더 깊은 사랑을 하자.

아직은 시고 떫은
우리의 사랑을 아끼자.

우리가 아는
가장 다정한 어른들도

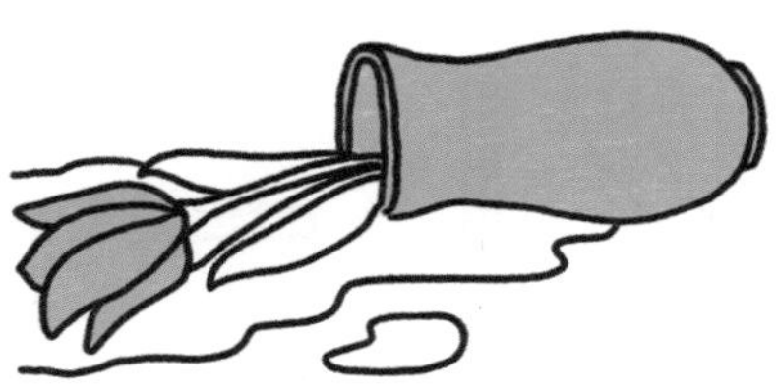

가끔은 실수했음을 기억하자.

거칠고 고된 것들 투성이인
세상에서

우리만의 사랑을 익히자.

우리가 어떤 삶을 살아도

담아둔 사랑을
결코 잃거나 팔지 말자.

아주 오랜 시간이 지난 후에
꺼내 볼 다정함을

우리 같이 기다려 보자.

문을 열어 줘

사람의 마음은 꼭 문 같다.

어떤 문은 크고

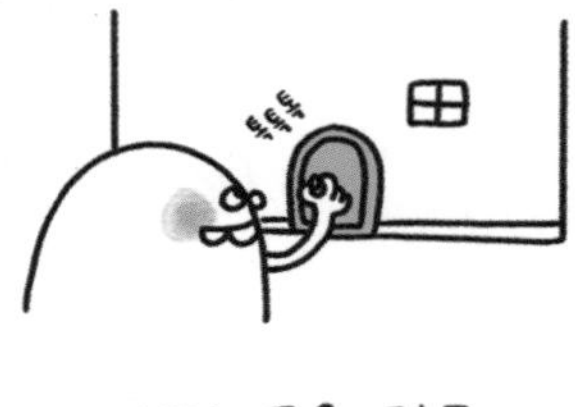

어떤 문은 작고

어떤 문은 넓고

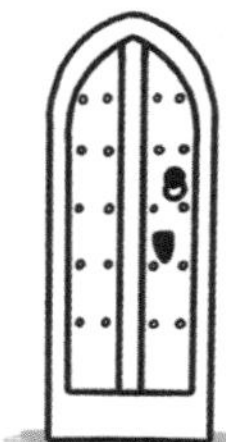

어떤 문은 좁고.

너의 문은 어떻게 생겼을까?

나는 도통 모르겠다.

아주 커서 있는 힘껏
두드려야 하는 건지,

아주 작아서
톡톡 두드려야 하는 건지,

넓직해서 막 뛰어 들어갈 수
있는 건지,

낮아서 허리를 숙이고
들어가야 하는 건지

하나도 모르겠어서

그냥 밖에 서 있다.

문 좀 열어 주지 않겠니?

밖은 이미 꽃이 예쁘게 피었어.

널 보여 주려고
꽃 한 다발 가져 왔으니

문을 좀 열어 줘.

밖은 이미 따뜻한 봄이야.

널 주려고 따뜻함도 한 움큼
가져 왔으니

문을 열어 줘.

봄도 꽃도 나도

그리고 네 몫의 따뜻한 사랑도

널 기다리고 있으니.

못난 표정으로 못난 말을 한 후

당신은 "이렇게 못나서 미안해"
하고 숨어 버려요.

당신은 못나지 않았어요.

그저 고단할 뿐이에요.

당신은 못나지 않았어요.

그저 무거울 뿐이에요.

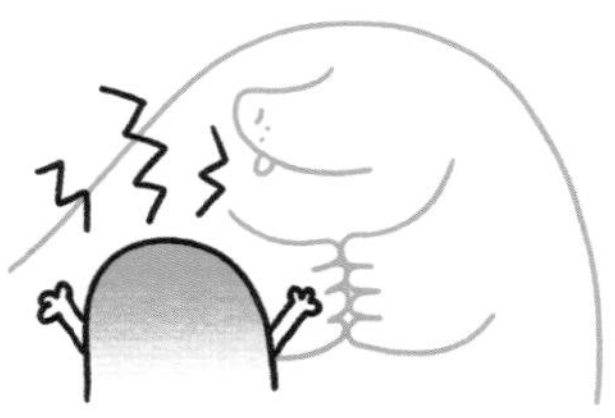

나는 당신의 고단함을
들어줄 수 있고

당신의 무거움을
이해할 수 있어요.

다 이해하지 못할 때는

사랑할 수 있어요.

당신이 고단하고 무거울 때

나는 당신을 찾아갈 수 있어요.

거기가 어디든, 그때가 언제든,

깊은 밤
넘실거리는 눈물의 바다에
배를 띄워

당신을 찾아갈 거예요.

사방 어두운
찬 바다 위에서

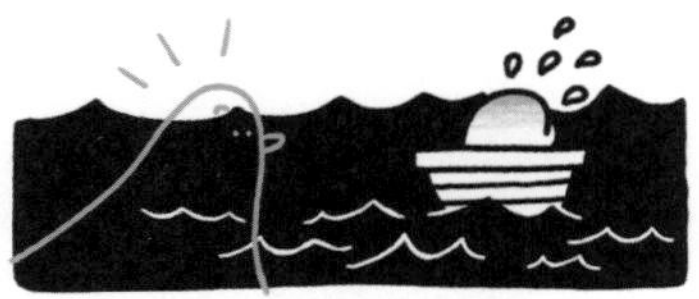

홀로 배 위에 앉아
우는 당신을 만날 때

나는 정말 기쁠 거예요.

눈물이 그쳐
바다가 마를 때까지

내가 옆에 있을 거예요.

눈물의 바다가
영영 마르지 않는대도

나는 기꺼이
내내 함께 그 바다에
있을 거예요.

당신 스스로 가장
못났다 여길 때에도

당신은 여전히
나의 사랑, 나의 자랑이에요.

거기가 어디든, 그때가 언제든

우리는 함께일 거예요.

라고 엄마가 말씀하셨고

나는 당신에게 이 말을

스치듯이 말했는데

어쩐지 말이 없어지는 당신.

왜?
하고 물었더니

예쁜 것만
심고 싶어서.

우리 어제 갔던
바다 너무 예뻤는데.
바다 많이 심어야겠어.

우리 차에서 했던 얘기들
기억나? 그런 순간도 심어 놓고 싶고.

아 웃음!
난 웃음을 많이 심고 싶어.

우리 둘을 위한 건
다 예쁜 것만 심고 싶다는
당신의 바람을

이담에 나는
어떤 모양으로 거두게 될까?

우리가 심은 아름다운 것들이

무럭무럭 자라

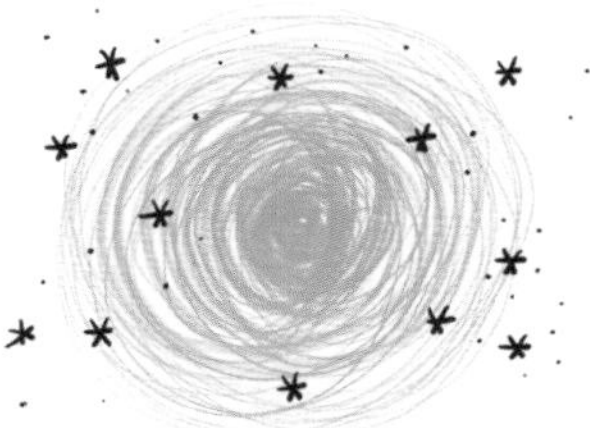

오래오래 멀리멀리
따뜻했으면 좋겠다.

심은 대로 거두었으면 좋겠다.

옛날옛날에 쓰인 누군가의 일기

옛날옛날에 그린 누군가의 그림

옛날옛날에 지은 누군가의 노래

저마다의 사연과 사랑을 그득 담은
옛 기록들이

오늘의 나에게 배달되었다.

아마 만들던 사람들은
잘 모르지 않았을까.

사랑으로 짓던 그들의 예술이

얼마나 오래, 얼마나 많은 이들에게,
얼마나 멀리 배달될지.

극복하기에 버거운 인간적인 여러
결함과 상황에 절망하거나

오늘의 나와 크게 다르지 않은
불안에 휩싸이기도 했겠지.

긴 시간이 지나 그들 모두가
세상에 남아 있지 않은 지금

나는 내가 받은 오래된 사랑의
기록들을 소중히 가슴에 품고

나만의 사랑을 엮고 기록하며

주문을 건다.

지금이 아니어도 괜찮아.

모두가 아니어도 괜찮아.

사랑은 실패하지 않아,

사랑은 실패하지 않아,

사랑은 실패하지 않아.

결혼을 했다

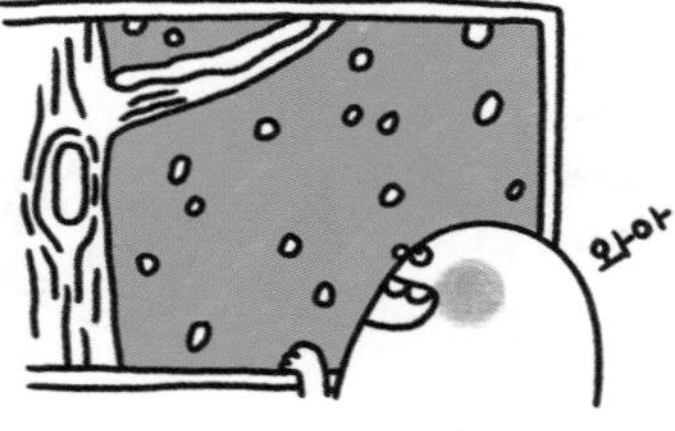

첫눈이 펑펑 쏟아지던
몇 해 전 겨울,

나는 결혼을 했다.

나는 굵고 촌스러운 그림을
그리는 그림쟁이.

신랑은 내가 알 수 없는
소리를 만드는 음악가.

우리는 부부가 되었다.

모든 게 너무 빨리 변하는 세상

수많은 일과 사람들이
우릴 스쳐 지나가겠지만

우리 둘 만큼은 서로를 위해
머물러 주고 기다려 주자는
약속 위에

작은 움막 같은 사랑을 지어
함께 살아가기로 했다.

우리의 이야기가
근사한 로맨스소설 같지는 않아도

어느 개미 같은 그림쟁이와
베짱이 같은 음악가가

평범하게 살고
즐겁게 나이 들어 갔다는

싱거워 아무도 읽지 않는
이야기 정도면

나는 행복할 것 같아서

그렇게 살고 있다.

사실 살다 보면 평범하지도
즐겁지도 않은 일 투성이지만

그래도 우리 이야기는
변함없을 거라는 걸 나는 안다.

평범하고 즐거운 날들을

기억하고 간직할 테니까.

그리고 이야기는

기억되고 간직된 흔적에서
생기니까.

그러니 빠르게 스치는
세월과 세상 속에서

평범한 날들을 즐겁게 살아

오래되고 싱거운 이야기로, 노래로

꼭 남기자.

생각이 많고
결정하는 게 오래 걸리지만

한 번 결정한 일은
집요하게 해내는 나와

자주 결정을 바꾸고
꾸준한 편은 아니지만

생각한 일을 지체없이 행동해
다양한 모험을 즐기는 남편이

우리 부부의 조합이다.

우리는 생각이 너무 많아
아무것도 결정하지 못하는 데다

기껏 결정한 것도 오래 하지 못하는
최악의 조합이 되기도 하고

작은 아이디어도
빠르게 행동으로 옮겨

결국 결과를 성취하는
최고의 조합이 되기도 하면서

엎치락 뒤치락
함께 자라는 중이다.

최악의 조합이 될 때는
같이 침대에 코를 박고 울고

최고의 조합일 때는
신나게 하이파이브를 치면서,
그렇게 함께하다 보니

아무것도 없어도 서로를 보며
뭐라도 해나갈 힘을 얻고,

아무도 없어도 서로가 있어
외롭지 않게 되었다.

전혀 다른 세상에서
완전히 다른 마음으로 살아온 우리가
가족이 될 수 있는 건

최선의 우리가 되기 위해

함께 애쓰는 서로가 있다는
사실 덕분이다.

그리고 실은 우리가 언제나
최고가 아니어도 괜찮고,

여전히 함께일 거라는
안도감 덕분이기도 하다.

성공이나 실패보다 더 중요한
뭔가가 생겼다는 자체가

이미 더할 나위 없는
최선의 성장이라 생각하기에

각자 일궈야 하는 예술의 고단함과

함께 일궈야 하는 생활의
피곤함에도

우리는 함께여서 더 다행이고,
더 잘 자란다고 믿는다!

우리는 '우리'니까

뭔가 특별한 걸
해야 할 것 같았어.

그래서 뭐가 좋을까 생각하다

너를 업고 걷는다면
훨씬 좋을 것 같아 그렇게 했지.

그런데...
생각보다 너무 무겁더라.

너무 무거워서
떨어뜨릴 것 같았어.

버티고 버티다 하는 수 없이
너를 내려야 했는데

그런데 그 순간이

너무 좋고

더 특별하게 느껴졌어.

그제서야 나는
너를 무거워 했던 순간이

미안해지더라.

시킨 적도 바란 적도 없는
나만의 생각으로

무거워 해서 미안해.

이제는 그냥 나란히 걸을게.

손을 잡고 발을 맞추어 걷는다면

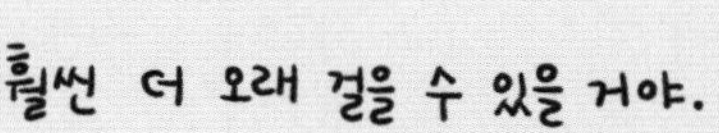

우리 오래오래 같이 걷자.

epilogue

어제의 후회와 내일의 불안 사이에서 오늘만큼만 오늘을 산다는 건 여간 어려운 일이 아니다. 오늘을 오늘만큼만 살아야 한다는 생각도 못 한 채 불행하고 불안했던 시간이 참 길었다. 이렇다 할 내면의 균형 감각을 찾지 못했다. 균형 감각이 없는 사람이 공 위에 올라가면 앞으로 엎어졌다 뒤로 고꾸라졌다 하는 것처럼 내 삶은 늘 미래로 엎어졌다 과거로 고꾸라졌다를 반복했다.

생각을 달리하게 된 계기는 사소했다. 푸르다 붉다를 반복하는 큰 나무를 창가 가까이 둔 회사를 다니며 일하는 시간에 남몰래 한참 나무를 봤다. 녹빛 뿐인 나뭇잎이 붉어지는 일은 하루 아침에 일어나지 않았다. 그렇지만 일 년 중 여름과 가을이 맞닿아 있는 때가 오면, 나무는 날마다 쉬지 않고 색을 바꿔 갔다. 물론 어떤 날은 어제와 같아 보였고, 또 어떤 날엔 유난히 많이 바뀌어 있기도 했지만, 어쨌든 나무는 꾸준하게 색을 바꿔 가을에는 어김없이 붉은 머리카락으로 물들었다.

시원스레 트인 통 유리창의 반을 가로지를 만큼 쭉 뻗은 가지가 커다란 그 나무가 하루 만에 여름색에서 가을색이 되지는 않음을 보며 조급함으로 엎어지지 않는 법을 배웠고, 그럼에도 때가 되면 쉬지 않고 잎의 색을 바꿔 가는 걸 보며 주저앉아 고꾸라져 있지 않고 오늘 몫을 해내야 한다는 것도 배웠다. 그렇게 오늘이라고 불리는 시간과 공간의 감각을 천천히 익혔다. 그 시간과 공간에서 몇 번의 계절을 보내며 완벽하지는 않았지만 점점 나은 오늘을 살아 내는 감각을 길렀을 때 즈음, 삶의 큰 결정을 했다. 남자친구였던 지금의 남편과 결혼을 하고 함께 유학을 떠나기로 마음을 굳혔다. 내게 계절과 시간을 오늘만큼 사는 법을 가르쳤던 큰 나무를 거기 두고, 그렇게 지구 반대편으로 날아 왔다.

그 흔한 교환학생이나 배낭여행도 가 본 적 없는 내가 늦다면 늦은 나이에 떠나온 유학생 부부로서의 삶은 절대로 쉽지 않았다. 완전한 이방인으로 사는 경험은 살면서 한 번도 겪어본 적 없는 감정과 생활의 변화를 겪게 했다. 알았다면 절대 못 왔을 것 같은 시간을 온몸으로 겪는 동안 나를 살게 한 힘은 그 나무를 보며 천천히 익혔던, 오늘을 사는 균형 감각이었다. 나를 둘러싼 모든 것이 달라

져도 나는 나고, 여전히 내게 주어진 오늘이 있다는 걸 기억하는 한 무슨 일을 겪어도 무너지지 않을 수 있음을 알았다. 느리지만 꾸준히, 계절마다 틀림없이 색을 바꾸던 그 나무를, 내 마음의 창으로 늘 바라보며 하루하루 '자알' 살아남았다.

벌써 계절이 여섯 번 넘게 바뀌었다. '그 나무는 지금도 틀림없이 제 계절에 맞는 색을 뿜어 내겠지?' 생각한다.

여전히 불완전하고, 앞이나 뒤로 고꾸라질 구멍밖에 없는 상황에 있지만 나는 그냥 지금, 여기에 앉아 느리고 고요한 마음으로 이 글을 쓴다. 그리고 오늘 그려야 하는 그림을 그릴 것이다. 오늘 먹어야 하는 샌드위치를 먹을 것이고, 읽기로 정한 분량의 책을 읽을 것이다. 나무와 달리 나는 다음 계절의 온도와 모습을 잘 모르지만, 그럼에도 틀림없이 내가 나의 계절에 맞는 색을 뿜을 것만은 의심하지 않는다. 오늘 안에서 오늘만큼만, 비틀대지만 넘어지지 않고 살면 제때에 가장 아름다운 색이 되어 있을 것이라 믿는다.

좋아서 그래

초판 1쇄 인쇄 2022년 9월 1일
초판 1쇄 발행 2022년 9월 12일

지은이 정지인

펴낸곳 브.레드
책임편집 이나래
편집 정인경
디자인 김지혜
마케팅 김태정
인쇄 (주)상지사P&B

출판 신고 2017년 6월 8일 제2017-000113호
주소 서울시 중구 퇴계로 41길 39 703호
전화 02-6242-9516
팩스 02-6280-9517
이메일 breadbook.info@gmail.com

ISBN 979-11-90920-23-0 03810
값 14,000원